时代文艺出版社

国学经典藏书

春秋 · 孔子 著

# 前言

　　中国传统文化源远流长，内蕴儒学经典、历史著作、诸子百家著作，形成了完整的文化思想脉络，内容涉及哲学、文学、艺术等诸多领域，将华夏文明的精华充分予以展示。

　　近代以后，随着西学东渐，我们在呼吸外来新鲜空气的同时，也注意到了传统文化的流失。故而对东西方文化进行冷静思考，明确了传统文化不可动摇的根基地位，沿袭先辈留下的宝贵文化遗产，是可以弘扬中国民族特色文化，进而促进当下时代的进步和发展的。为了弘扬国学，使更多的人了解中国传统文化的精粹，我们精心为您编纂了此套"国学经典藏书"系列丛书。

　　此套丛书精选了历代文章中的典范之作，于经、史、子、集中选取精华部分，以儒家典籍为核心，将中华上下五千年的历史进行汇编，配以华美的文字、精美的图片，力求多角度展现古典文化的博大精深，展现国学的精粹，从而让更多的人了解国学、热爱国学。

　　愿此套丛书让您领略传统文化别样的风情，在书山瀚海中获得充实的阅读快乐，从而以史为鉴；在聆听圣贤教诲的同时，为您的生活注入一缕阳光，给您的事业带来裨益，让您在辉煌的艺术文化中获得审美享受！

【春秋】 孔子◎著

# 论 语

# 学而篇第一

一

【原文】

　　子①曰："学而时习之,不亦说(yuè)②乎? 有朋自远方来,不亦乐乎? 人不知而不愠(yùn)③,不亦君子乎? "

【注释】

　　①子:古代把有地位、有学问、有道德修养的人尊称为"子"。这里是尊称孔子。

　　②说:通"悦",高兴,喜悦。

　　③愠:怨恨,恼怒。

【译文】

　　孔子说:"学习了并且能时常温习,不也高兴吗?有志同道合的朋友从远方来,不也快乐吗?别人不了解我,我并不怨恨,不也是君子吗? "

二

【原文】

　　有子①曰:"其为人也孝弟(tì)②,而好犯上者,鲜③矣;不好犯上,而好作乱者,未之有也。 君子务本,本立而道生。孝弟也者,其为仁之本与④!"

【注释】

①有子:鲁国人,姓有,名若,字子有。孔子的弟子。比孔子小三十三岁,生于公元前518年,卒年不详。后世,有若的弟子也尊称有若为"子",故称"有子"。

②弟:同"悌"。弟弟善事兄长,称"悌"。

③鲜:少。

④与:语气词。

【译文】

有子说:"孝顺父母,尊敬兄长,而喜欢冒犯长辈和上级的人,是很少见的;不喜欢冒犯长辈和上级,而喜欢造反作乱的人,是没有的。君子要致力于根本,根本确立了,治国、做人的原则就产生了。所谓'孝顺父母''尊敬兄长',可视为'仁'的根本吧。"

## 三

【原文】

子曰:"巧言令色①,鲜矣仁!"

【注释】

①令色:面色和善。这里指以恭维的态度讨好别人。

【译文】

　　孔子说："花言巧语,一副谄媚讨好的笑脸,这种人是很少有仁德的。"

## 四

【原文】

　　**曾子①曰:"吾日三省②吾身:为人谋而不忠乎？ 与朋友交而不信乎？ 传③不习乎？ "**

【注释】

> ①曾子:姓曾,名参,字子舆。曾皙之子。鲁国南武城人。孔子的弟子。比孔子小四十六岁,生于公元前505年,卒于公元前436年。其弟子也尊称曾参为"子"。
>
> ②省:检查反省自己。
>
> ③传:老师传授的知识、学问。孔子教学,有"六艺":礼、乐、射、御、书、数。

【译文】

　　曾子说:"我每天多次反省自己:为别人做事情是否尽心尽力了呢?和朋友交往是否真诚讲信用了呢?老师传授给我的知识是否复习了呢?"

# 五

【原文】

　　子曰："弟子，入则孝，出①则弟，谨而信，泛爱众，而亲仁。行有余力，则以学文。"

【注释】

　　①出：外出，出门。一说，离开自己住的房屋。

【译文】

　　孔子说："孩子们，在家要孝顺父母，出门要尊敬兄长，说话要谨慎，做人要诚实守信，与众人友爱相处，亲近有仁德的人。这样做了还有余力，就要用来学习各种文化知识。"

读圣贤语录　做明理之人

# 六

【原文】

子夏①曰:"贤贤易色②;事父母,能竭其力;事君,能致③其身;与朋友交,言而有信。虽曰未学,吾必谓之学矣。"

【注释】

①子夏:姓卜,名商,字子夏。孔子的弟子。比孔子小四十四岁,生于公元前507年,卒年不详。

②贤贤:第一个"贤"做动词用,表示敬重,尊崇;第二个"贤"是名词,即品德。易:轻视,不看重。

③致:献出、奉献。

【译文】

子夏说:"(对妻子)要看重品德,不看重姿色;侍奉父母,能尽力而为;为君主做事,能有献身精神;和朋友交往,能诚实讲信用。这样的人,即使是说没学习过什么,我也一定要说他是学习过了。"

## 为政篇第二

一

读圣贤语录 做明理之人

【原文】

子曰:"为政以德,譬如北辰①,居其所而众星共(gǒng)②之。"

【注释】

①北辰:北极星。从地球上看它似乎不动,实际仍在高速运行。

②共:同"拱",环绕。

【译文】

孔子说:"用道德教化来治理国家,就像北极星一样,处在它的方位上,而群星都环绕在它的周围。"

二

【原文】

子曰:"《诗》三百,一言以蔽①之,曰:'思无邪'。"

【注释】

①蔽:概括,包含。

【译文】

孔子说:"《诗经》三百零五篇,用一句话来概括,可以说是'思想纯正,没有邪恶的东西'。"

三

【原文】

子曰:"道①之以政,齐②之以刑,民免而无耻③;道之以德,齐之以礼,有耻且格④。"

【注释】

①道:同"导",治理,引导。

②齐:整治、约束、统一。

③免:避免,指避免犯错误。无耻:没有羞耻之心。

④格:归服、向往。

【译文】

孔子说:"用行政命令来治理,用刑法来处罚,人民虽然能避免犯罪,但还是没有羞耻之心;用道德教化来治理,用礼教来约束,人民就会有羞耻之心,而且会人心归服。"

論

語

四

【原文】

子曰:"吾十有五①而志于学,三十而立,四十而不惑,五十而知天命②,六十而耳顺,七十而从心所欲,不逾矩。"

【注释】

①有:同"又",表示相加。"十有五",即十加五,十五岁。
②天命:这里的"天命"指自然的运行规律。

【译文】

孔子说:"我十五岁时开始立志学习;三十岁时能学有所成;四十岁时遇事就不迷惑;五十岁时懂得了什么是天命;六十岁时听别人说话,能深刻理解其中的意思;到了七十岁时才能达到随心所欲,任何念头都不会超出规矩。"

五

【原文】

孟懿(yì)子问孝①。子曰:"无违。"

樊迟御②,子告之曰:"孟孙问孝于我,我对曰,无违。"樊迟曰:"何谓也?"子曰:"生,事之以礼;死,葬之以礼,祭之以礼。"

【注释】

①孟懿子：姓仲孙，亦即孟孙，名何忌，"懿"是谥号。鲁国大夫，与叔孙氏、季孙氏共同执掌鲁国朝政。他的父亲孟僖子临终时嘱咐他要向孔子学礼。

②樊迟：姓樊，名须，字子迟，孔子的弟子。曾与冉求一起为季康子做事。生于公元前515年，卒年不详，比孔子小三十六岁。御：赶车、驾车。

【译文】

孟懿子向孔子询问孝道。孔子说："不要违背礼节。"樊迟为孔子驾车，孔子对他说："孟孙氏向我问孝道，我回答他，不要违背礼节。"樊迟说："是什么意思呢？"孔子说："父母在世时，按规定的礼仪侍奉他们；去世了，要按规定的礼仪为他们办丧事，按规定的礼仪祭奠他们。"

论语

六

【原文】

**孟武伯**①**问孝。子曰："父母惟其**②**疾之忧。"**

【注释】

①孟武伯：姓仲孙，名彘(zhì)，是前一章提到的孟懿子的儿子。"武"是谥号。

②其：代词，指子女。

【译文】

　　孟武伯向孔子请教孝道。孔子说："做父母的只需要为子女的疾病担忧,对其他的都很放心。"

七

【原文】

　　子游①问孝。子曰："今之孝者,是谓能养。至于犬马,皆能有养;不敬,何以别乎? "

【注释】

　　①子游:姓言,名偃,字子游,吴国人。生于公元前506年,卒年不详。孔子的弟子,比孔子小四十五岁。

【译文】

　　子游向孔子询问孝道,孔子说:"现在所谓孝道,总说能够奉养父母就可以了。但对狗对马,也都能做到

读圣贤语录　做明理之人

饲养它。如果对父母只做到奉养而不诚心孝敬的话,那和饲养狗马有什么区别呢?"

# 八

【原文】

　　子夏问孝。子曰:"色①难。有事,弟子②服其劳;有酒食(sì),先生馔(zhuàn)③,曾是以为孝乎④? "

【注释】

　　①色:脸色。指和颜悦色;心里敬爱父母,脸色上好看。
　　②弟子:晚辈。这里指儿女。
　　③先生:长辈。这里指父母。馔:吃喝。
　　④曾:副词,难道。是:代词,此、这个。

【译文】

　　子夏向孔子请教孝道。孔子说:"在父母面前经常有愉悦的表情是最难的。有了事,孩子为父母去做;有了酒饭,让父母吃,难道仅是这样就可以算是孝了吗?"

# 八佾篇第三

## 一

【原文】

孔子谓季氏①，"八佾②(yì)舞于庭，是可忍也，孰不可忍也③？"

【注释】

①季氏：鲁国正卿季孙氏。此指季平子，即季孙意如。一说，季桓子。

②八佾："佾"，行，列。特指古代奏乐舞蹈的行列。一佾，是八个人的行列；八佾，就是八八六十四个人。按周礼规定，天子的乐舞，才可用八佾。诸侯，用六佾；卿、大夫，用四佾；士，用二佾。按季氏的官职，只有用四佾的资格，但他擅自僭（超越本分）用了天子乐舞规格的八佾，这是不可饶恕的越轨行为。

③"是可"句："忍"，忍心，一说容忍。"孰"，疑问代词，什么。这两句的意思是：这样的事他都忍心做出来，什么事他不忍心做呢？

【译文】

孔子谈到季氏,说:"他在庭院里居然僭用了八佾规格的乐舞,这种事如果可以狠心做出来,那还有什么不可以狠心做出来呢?"

二

【原文】

子曰:"人而不仁,如礼何①? 人而不仁,如乐何? "

【注释】

①如礼何:"如……何"是古代常用句式,当中一般插入代词、名词或其他词语,意思是"把(对)……怎么样(怎么办)"。

【译文】

孔子说:"一个人不讲仁德,对待礼仪制度怎么样呢?一个人不讲仁德,只要看他对待音乐怎么样呢?"

三

【原文】

林放①问礼之本。子曰:"大哉问!礼,与其②奢也,宁俭;丧,与其易③也,宁戚④。"

**【注释】**

①林放:姓林,名放,字子上,鲁国人。一说,孔子的弟子。

②与其:连词。在比较两件事的利害得失而决定取舍的时候,"与其"用在放弃的一面。后面常用"毋宁"、"不如"、"宁"相呼应。

③易:本义是把土地整治得平坦。在这里指周到地治办丧葬的礼节仪式。

④戚:心中悲哀。

**【译文】**

林放问礼的本质是什么。孔子说:"这是个大问题啊!从礼节仪式来说,与其奢侈,不如节俭;从治办丧事来说,与其在仪式上搞得很隆重而完备周到,不如心里真正沉痛地悼念死者。"

## 四

**【原文】**

子曰:"君子无所争。必也,射①乎!揖②让而升,下而饮。其争也君子。"

**【注释】**

①射:本是射箭。此指射礼——按周礼所规定的射箭比赛。有四种:一、大射(天子、诸侯、卿、大夫,选善射之士在祭

祀前举行的射祀);二、宾射(是诸侯朝见天子或诸侯相会时举行的射礼);三、燕射(平时燕息之日举行的射礼);四、乡射(乡老和乡大夫贡士后,行乡射之礼)。

②揖:作揖。拱手行礼,以表尊敬。

【译文】

孔子说:"君子之间没有可争的事。如果有争,那一定是射箭比赛吧!就算是射箭相争,也是互相作揖谦让,然后登堂,射箭比赛完走下堂来,又互相敬酒。这种争,就是君子之争。"

五

【原文】

子曰:"夏礼,吾能言之,杞不足征也①;殷礼,吾能言之,宋②不足征也。文献不足故也③。足,则吾能征之矣。"

【注释】

①杞:古国,在今河南省杞县一带。杞国的君主是夏朝禹的后代。征:证明,引以为证。

②宋:古国,在今河南省商丘市南部一带。宋国的君主是商朝汤的后代。

③文:指历史文字资料。献:指贤人。古代,朝廷称德才兼备的贤人为"献臣"。

【译文】

孔子说:"夏朝的礼,我能说出来,但是夏的后代杞国却不足以作为考证的证明;殷代的礼,我能说出来,但是殷的后代宋国却不足以作为考证的证明。因为文字资料不足,熟悉夏礼、殷礼的贤人也不多。如果有足够的资料和贤者,我就能用它来作考证的证明了。"

## 六

【原文】

祭如在,祭神如神在。子曰:"吾不与<sup>①</sup>祭,如不祭。"

【注释】

①与:参与。

【译文】

祭祀祖先就如同祖先真在那里，祭祀神就如同神真在那里。孔子说："我如果不亲自参加祭祀，而由别人代祭，那就如没有举行祭祀一样。"

七

【原文】

子入太庙①，每事问。或曰："孰谓鄹(zōu)人之子知礼乎②？入太庙，每事问。"子闻之，曰："是礼也。"

【注释】

①太庙：古代指供奉祭祀君主祖先的庙。开国的君主叫太祖，太祖的庙叫太庙。因为周公(姬旦)是鲁国最初受封的君主，所以，当时鲁国的太庙就是周公庙。

②孰谓：谁说。鄹：春秋时鲁国的邑名。孔子的父亲叔梁纥在鄹邑做过大夫。"鄹人"，这里指叔梁纥。"鄹人之子"，这里指孔子。

【译文】

孔子进入太庙，对每件事都询问。有人说："谁说叔梁纥的儿子懂得礼呢？他进入太庙，每件事都要问一问。"孔子听到，说："这就是礼啊。"

读圣贤语录 做明理之人

# 八

【原文】

子曰:"事①君尽礼,人以为谄②也。"

【注释】

①事:侍奉。

②谄:谄媚。

【译文】

孔子说:"侍奉君主,完全按照臣子的礼节去做,别人却以为这样做是谄媚。"

# 里仁篇第四

## 一

【原文】

子曰:"里仁为美①。择不处(chǔ)②仁,焉③得知?"

【注释】

①里:邻里。周制,五家为邻,五邻(二十五家)为里。这里用做动词,居住。仁:讲仁德而又风俗淳厚的地方。一说,有仁德的人。文中的意思就是:与有仁德的人居住在一起,为邻里。

②处:居住,在一起相处。

③焉:怎么,哪里,哪能。

【译文】

孔子说:"居住在讲仁德的地方才是好的。如果不选择讲仁德的地方居处,哪能算得上是明智呢?"

# 二

【原文】

子曰："富与贵,是人之所欲也,不以其道得之,不处①也。贫与贱,是人之所恶也,不以其道得之,不去②也。君子去仁,恶③乎成名? 君子无终食之间违仁④,造次必于是⑤,颠沛⑥必于是。"

【注释】

①处:享受,接受。

②去:避开,摆脱。

③恶:同"乌",相当于"何"。疑问副词。怎样,如何。

④终食之间:吃完一顿饭的工夫。违:违背,离开。

⑤造次:紧迫,仓促,急迫。必于是:必须这样做。"是",代词。这,此。

⑥颠沛:本义是跌倒,偃仆。引申为穷困,受挫折,流离困顿。

【译文】

孔子说:"发财和升官,是人们所盼望的,然而若不是用正当的方法去获得,君子是不接受的。生活穷困和地位卑微,是人们所厌恶的,然而若不是用正当的方法去摆脱,君子是受而不避的。君子若是离开仁德,如何能成名呢?君子是连一顿饭的工夫也不能违背仁德的。即使是在最紧迫的时刻也必须按仁德去做,即使是在流离困顿的时候也必须按仁德去做。"

## 三

【原文】

子曰:"朝闻道①,夕死可矣。"

【注释】

①闻:听到,知道,懂得。道:此指某种真理、道理、原则。

【译文】

孔子说:"早上知晓了真理,晚上就死去,也是可以的。"

## 四

【原文】

子曰:"士①志于道,而耻恶衣恶食者,未足与议也。"

【注释】

①士:读书人,一般的知识分子,小官吏。

【译文】

孔子说："读书人有志于真理，却以穿不好的衣服、吃不好的饭菜为耻辱，这种人是不值得与他交谈的。"

五

【原文】

子游曰："事君数①，斯②辱矣；朋友数，斯疏矣。"

【注释】

①数(shuò)：屡次，多次。这里指频繁地提意见，过分地反复进行劝谏。《四书集注》说："事君，谏不行，则当去；导友，善不讷，则当止。至于烦渎，则言者轻、听者厌矣。是以求荣而反辱，求亲而反疏也。"一说，"数"读shǔ。列举，数落，当面指责。则本章的意思是：应注意批评的方式方法，不要当面直说、指出对方的过失加以责备。这样做，反而使对方脸面上下不来台，不容易接受，致"辱"致"疏"。

②斯：副词。就。

【译文】

子游说："侍奉君主，如果频繁地反复提意见，就会招致羞辱；对待朋友，如果频繁地反复提意见，就会造成疏远。"

## 公冶长篇第五

一

【原文】

　　子谓公冶长①，"可妻(qì)②也。虽在缧绁③之中，非其罪也。"以其子④妻之。

【注释】

　　①公冶长：姓公冶，名长，字子长。鲁国人(一说，齐国人)，孔子的弟子，传说懂得鸟语。

　　②妻：本是名词，在这里作动词用。把女儿嫁给他。

　　③缧绁：捆绑犯人用的黑色的长绳子。这里代指监狱。

　　④子：指自己的女儿。

【译文】

　　孔子说到公冶长："可以把女儿嫁给他。他虽然被囚禁在监狱中，但不是他的罪过。"于是把女儿嫁给了公冶长。

二

【原文】

　　子谓南容①,"邦有道②,不废③;邦无道,免于刑戮(lù)④。"以其兄之子妻之。

【注释】

　　①南容:姓南宫,名适,一作"括",字子容。鲁国孟僖子之子,孟懿子之兄(一说,弟)。本名仲孙阅,因居于南宫,以之为姓。谥号敬叔,故也称南宫敬叔。孔子的弟子。

　　②邦有道:指社会秩序好,政治清明,局面稳定,政权巩固,国家太平兴盛。

　　③废:废弃,废置不用。

　　④刑戮:戮,杀。刑戮,泛指受刑罚,受惩治。

【译文】

　　孔子评论南容,说:"国家有道的时候,他被任用做官;国家无道的时候,他也会避免受刑戮。"于是把哥哥的女儿嫁给了南容。

三

【原文】

　　或①曰:"雍也仁而不佞(nìng)②。"子曰:"焉用佞?御人以口给③,屡憎于人。不知其仁,焉用佞?”

【注释】

①或:代词。有的人。

②雍:姓冉,名雍,字仲弓。鲁国人。孔子的弟子。佞:强嘴利舌,花言巧语。

③御:抗拒,抵抗。这里指辩驳对方,与人顶嘴。口给:给,本义是丰足,指言语敏捷。口给,指嘴巧,嘴快话多。孔子反对“巧言乱德”的人。

【译文】

有的人说:“冉雍啊,有仁德,却不能言善辩。”孔子说:“何必要能言善辩呢?同人家顶嘴,嘴快话多,常常引起别人的厌恶。我不知道冉雍是不是做到有仁德,但哪里用得上能言善辩呢?”

论语

# 雍也篇第六

## 一

读
圣
贤
语
录

做
明
理
之
人

【原文】

哀公问："弟子孰为好学？"孔子对曰："有颜回者好学，不迁怒①，不贰②过。不幸短命死矣。今也则亡③，未闻好学者也。"

【注释】

①迁怒：指自己不如意时，对别人发火生气；或受了甲的气，却转移目标，拿乙去出气。"迁"，转移。

②贰：二，再一次，重复。

③亡：通"无"。

【译文】

鲁哀公问："你的学生中谁是勤奋好学的呢？"孔子回答："有一个叫颜回的很好学，他从来不拿别人出气，不犯同样的过错。但不幸短命死了。现在就没有那样的人了，我再也没听到有好学的人啊。"

二

【原文】

子华①使于齐,冉子为其母请粟②。子曰:"与之釜(fǔ)③。"请益④。曰:"与之庾(yǔ)⑤。"冉子与之粟五秉⑥。子曰:"赤之适⑦齐也,乘肥马,衣(yì)⑧轻裘。吾闻之也,君子周急不继富⑨。"

【注释】

①子华:即公西赤。

②冉子:即冉求。"子"是后世记录孔子和他的弟子的言行时加上的尊称。粟:谷子,小米。

③釜:古代容量单位。一釜当时合六斗四升。古代的斗小,一斗约合现在二升。一釜粮食仅是一个人一月的口粮。

④益:增添,增加。

⑤庾:古代容量单位。一庾合当时二斗四升。一说,一庾当时合十六斗,约合现在三斗二升。

⑥秉:古代容量单位。一秉合十六斛,一斛合十斗。"五秉",就是八百斗(八十石)。约合现在十六石。

⑦适:往,去。

⑧衣:穿。

⑨周:周济,救济。继:接济,增益。

【译文】

　　子华出使去齐国,冉求为子华的母亲向孔子请求给些小米。孔子说:"给他六斗四升。"冉求请求再增加些。孔子说:"再给他二斗四升。"冉求却给了子华八十石小米。孔子说:"子华到齐国去,乘坐肥马驾的车,身穿又轻又暖的皮衣。我听说过,君子应周济急需的人,而不要使富人更富。"

三

【原文】

　　原思为之宰①,与之粟九百②,辞。子曰:"毋③!以与尔邻里乡党④乎!"

【注释】

　　①原思:孔子的弟子。姓原,名宪,字子思。鲁国人(一说,宋国人)。生于公元前515年,卒年不详。孔子在鲁国任司寇(司法官员)时,原思在孔子家做过总管(家臣)。孔子死后,原思退隐,居卫国。之:指代孔子。

　　②之:代指原思。九百:九百斗。一说,指九百斛,不可确考。

　　③毋:不要,勿。

　　④邻里乡党:古代以五家为邻,二十五家为里,五百家为党,一万二千五百家为乡。这里泛指原思家乡的人们。

【译文】

原思在孔子家做总管,孔子给他小米九百斗,原思推辞不要。孔子说:"不要推辞! 有多的就拿给你家乡的人们吧!"

四

【原文】

子谓仲弓,曰:"犁牛之子骍且角①。虽欲勿用,山川其舍诸②?"

【注释】

①"犁牛"句:"犁牛",杂色的耕牛。"子",指小牛犊。"骍",赤色牛。周代崇尚赤色,祭祀用的牛,要求是长着红毛和端正的长角的牛,不能用普通的耕牛来代替。这里用"犁牛之子",比喻冉雍(仲弓)。据说冉雍的父亲是失去贵族身份的"贱人",品行也不好。孔子认为,冉雍德行才学都好,子能改父之过,变恶以为美,是可以做大官的(当时冉雍担任季氏的家臣)。

②山川:指山川之神。这里

比喻君主或贵族统治者。其：表示反问的语助词。怎么会，难道，哪能。舍：舍弃，不用。

【译文】

　　孔子谈论到仲弓，说："耕牛生的一个小牛犊，长着整齐的红毛和周正的硬角，虽然不想用它作为牺牲祭品，山川之神难道会舍弃它吗？"

## 五

【原文】

　　子游为武城①宰。子曰："女得人焉耳②乎？"曰："有澹台灭明③者，行不由径④，非公事，未尝至于偃⑤之室也。"

【注释】

　　①武城：鲁国的城邑，在今山东省嘉祥县。一说，武城在山东省费县西南。

　　②焉耳：犹言"于此"。"耳"，同"尔"。

　　③澹台灭明：姓澹台，名灭明，字子羽，武城人。为人公正，后来成为孔子的弟子。传说澹台灭明相貌甚丑，孔子曾以为他才薄。而后，澹台灭明受业修行，名闻于世。孔子叹说："吾以貌取人，失之子羽。"

　　④径：小路，捷径。引申为正路之外的邪路。

　　⑤偃：即子游。姓言名偃，字子游。这里是子游自称。

【译文】

　　子游任武城长官。孔子说："在你管的地区你得到什么人才了吗?"子游说："有个叫澹台灭明的人,走路从来不走邪路,不是为公事,从不到我的居室来。"

六

【原文】

　　子曰:"孟之反不伐①,奔而殿②,将入门,策③其马,曰:'非敢后也,马不进也。'"

【注释】

　　①孟之反:姓孟,名侧,字反(《左传》作"孟之侧",《庄子》作"孟子反")。鲁国的大夫。伐:夸耀功劳。
　　②奔:败走。殿:殿后,即行军走在最后。鲁哀公十一年,齐国进攻鲁国,鲁迎战,季氏宰冉求所率领的右翼军队战败。撤退时,众军士争先奔走,而孟之反却在最后作掩护。故孔子称赞孟之反:人有功不难,不夸功为难。
　　③策:鞭打。

【译文】

　　孔子说:"孟之反不夸耀自己。败退时,他留在最后面掩护全军,将要进城门时,他鞭打了一下自己的马,说:'不是我勇敢要殿后,是马跑不快啊。'"

# 述而篇第七

## 一

**【原文】**

子曰："述而不作①,信而好古,窃比于我老彭②。"

**【注释】**

①述:传述,阐述。作:创造,创作。

②窃:私下,私自。第一人称的谦称。我老彭:"老彭",指彭祖,传说姓篯(jiān),名铿,是颛顼(五帝之一)之孙陆终氏的后裔,封于彭城,仕虞、夏、商三代,至殷王时已七百六十七岁(一说长寿达八百岁)。彭祖是有名的贤大夫,自少爱恬静养生,观览古书,好述古事(见《神仙传》、《列仙传》、《庄子》)。"老彭"前加"我",是表示孔子对"老彭"的尊敬与亲切,如同说"我的老彭"。一说,"老彭"指老子和彭祖两个人。

**【译文】**

孔子说:"只阐述旧的文化典籍而不创作新的,相信并且喜爱古代的文化,我私下把自己比做老彭。"

## 二

【原文】

　　子曰:"默而识①(zhì)之,学而不厌②,诲③人不倦,何有于我哉④?"

【注释】

　　①识:牢记,记住。潜心思考,加以辨别,存之于心。

　　②厌:同"餍"。本义是饱食。引申为满足。

　　③诲:教诲,教导,诱导。

　　④"何有"句:即"于我何有哉"。这是孔子严格要求自己的谦虚之词,意思说:以上那几方面,我做到了哪些呢?

【译文】

　　孔子说:"默默地记住所见、所闻、所学的知识,学习永不满足,耐心地教导别人而不倦怠,这些事情我做到了哪些呢?"

## 三

【原文】

　　子曰:"德之不修,学之不讲,闻义不能徙①,不善②不能改,是吾忧也。"

【注释】

①义:这里指正义的、合乎道义和义理的事。徙:本义是迁移。这里指徙而从之,使自己的所作所为靠近义,做到实践义,走向义。

②不善:不好。指缺点,错误。

【译文】

孔子说:"不去修养品德,不去讲习学问,听到了义却不能去追求,有了缺点错误不能改正,这些都是我所忧虑的。"

———— 四 ————

【原文】

子之燕居①,申申如也②,夭夭③如也。

【注释】

①燕居:"燕",通"宴"。安逸,闲适。燕居,指独自闲暇无事的时候的安居、家居。

②申申:衣冠整齐,容貌舒展安详的样子。如也:像是……的样子。

③夭夭:脸色和悦愉快,斯文自在,轻松舒畅的样子。

【译文】

孔子在家闲居,衣冠整齐,容貌舒展安详,脸色和悦轻松。

# 泰伯篇第八

一

【原文】

子曰："泰伯①，其可谓至德也已矣。三以天下让②，民无得而称焉。"

【注释】

①泰伯：周朝姬氏的祖先有名叫古公亶父的，又称"太王"。古公亶父共有三个儿子：长子泰伯，次子仲雍，三子季历。传说古公亶父见孙儿姬昌德才兼备，日后可成大业，便想把王位传给季历，以谋求后世能拓展基业，有所发展。泰伯体察到了父亲的意愿，就主动把王位的继承权让给三弟季历；而季历则认为，按照惯例，王位应当由长兄继承，自己也不愿接受。后来，泰伯和二弟仲雍商定，以去衡山采药为名，一起悄悄离开国都，避居于荆蛮地区的勾吴。泰伯后来成为周代吴国的始祖。

②"三以"句："天下"，代指王位。第一次让，是泰伯离开国都，避而出走。第二次让，是泰伯知悉父亲古公亶父去世，故意不返回奔丧，以避免被众臣拥立接受王位。第三次让，是

发丧之后,众臣议立新国君时,泰伯在荆蛮地区,索性与当地黎民一样,断发纹身,表示永不返回。这样,他的三弟季历只好继承王位。有了泰伯的这"三让",才给后来姬昌(周文王)的儿子周武王统一天下创设了条件,奠定了基础。因此,孔子高度称赞泰伯。

【译文】

孔子说:"泰伯,可以称得上是品德最高尚的人了。他三次以天下相让,人民真不知该怎样称赞他。"

二

【原文】

子曰:"恭而无礼则劳,慎而无礼则葸(xǐ)①,勇而无礼则乱,直而无礼则绞②。君子笃③于亲,则民兴于仁;故旧不遗,则民不偷④。"

【注释】

①葸:过分拘谨,胆怯懦弱。

②绞:说话尖酸刻薄,出口伤人;太急切而无容忍。

③笃:诚实,厚待。

④偷:淡薄。

【译文】

孔子说:"只是态度恭敬而没有礼仪来指导,就会徒劳无功;只是做事谨慎而没有礼仪来指导,就会畏缩多惧;只是刚强勇猛而没有礼仪来指导,就会作乱;只是直率而没有礼仪来指导,就会说话刻薄尖酸。君子如果厚待亲族,老百姓就会按仁德来行动;君子如果不遗忘故旧,老百姓也就厚道了。"

## 三

【原文】

曾子有疾,孟敬子问①之。曾子言曰:"鸟之将死,其鸣也②哀;人之将死,其言也善。君子所贵乎道者三:动容貌③,斯远暴慢矣;正颜色,斯近信矣;出辞气④,斯远鄙倍⑤矣。笾(biān)豆之事⑥,则有司存⑦。"

【注释】

①孟敬子:姓仲孙,名捷,武伯之子,鲁国大夫。问:看望,探视,问候。

②也:句中语气助词。兼有舒缓语气的作用。

③动容貌:即"动容貌以礼"。指容貌谦和,恭敬,从容,严肃,礼貌等。

④出辞气:即"出辞气以礼"。"出",是出言,发言。"辞气",指所用的词句和语气。

⑤鄙倍:"鄙",粗野。"倍",通"背"。指悖谬,不合理,错误。

⑥笾豆之事:"笾",古代一种竹制的礼器,圆口,下面有高脚,在祭祀宴享时用来盛果脯。"豆",古代一种盛食物盛肉的器皿,木制,有盖,形状像高脚盘。笾和豆都是古代祭祀和典礼中的用具。笾豆之事,就是指祭祀或礼仪方面的事务。

⑦有司:古代指主管某一方面事务的官吏。这里具体指管理祭祀或礼仪的小官吏。存:有,存在。

【译文】

曾子病危,孟敬子去探望他。曾子说:"鸟将要死的时候,鸣叫的声音是悲哀的;人将要死的时候,说的话是善意的。君子待人接物有三点是可贵的:使容貌谦和严肃,就可以避免别人粗暴急躁,放肆怠慢;使脸色正派庄重,就容易使人信服;说话注意言辞得体和口气、声调合宜,就可以避免粗野和错误。至于祭祀和礼节仪式,自有主管的官吏去办。"

四

【原文】

曾子曰:"以能问于不能,以多问于寡;有若无,实若虚;犯而不校①——昔者吾友②尝从事于斯矣。"

论语

【注释】

①校：计较。

②吾友：我的朋友。有人认为曾子指的是他的同学颜渊。

【译文】

曾子说："有才能却向没有才能的人询问,知识多的却向知识少的人询问;有本事却好像没有,知识学问很充实却好像很空虚;被人冒犯也不去计较——从前我的朋友曾经这样做过。"

# 子罕篇第九

## 一

【原文】

子罕①言利,与②命与仁。

【注释】

①罕:少。

②与:赞同,肯定。一说,"与",是连词"和"。则此句的意思为:孔子很少谈财利、天命和仁德。宋儒程颐就曾说:"计利财害义,命之理微,仁之道大,皆夫子所罕言也。"

【译文】

孔子很少主动谈功利,却赞同天命,赞许仁德。

## 二

【原文】

达巷党人①曰:"大哉孔子!博学而无所成名。"子闻之,谓门弟子曰:"吾何执②? 执御乎? 执射乎? 吾执御矣。"

**【注释】**

①达巷党人：达巷那个地方的人。"达巷"，地名。山东省滋阳县西北，相传即达巷党人所居。"党"，古代地方组织，五百家为一党。一说，"达巷党人"，指项橐。传说项橐七岁为孔子师。

②执：专做，专门从事。

**【译文】**

达巷那个地方的人说："孔子真伟大呀！他学问很渊博，但没有可以成名的专长。"孔子听到这话，对本门弟子们说："我专做什么呢？做驾车的事吗？做射箭的事吗？我从事驾车吧！"

## 三

**【原文】**

**子绝四：毋意①，毋必②，毋固③，毋我④。**

**【注释】**

①毋：不，不要。意：推测，猜想。

②必：必定，绝对化。

③固：固执，拘泥。

④我：自私，自以为是，唯我独尊。

【译文】

孔子身上不存在四种缺点：不凭空猜测意料，不武断，不固执，不自以为是。

## 四

【原文】

子畏于匡①，曰："文王②既没，文不在兹③乎？天之将丧斯文也，后死者不得与于斯文也④；天之未丧斯文也，匡人其如予何⑤！"

【注释】

①子畏于匡："畏"，拘禁。"匡"，地名，今河南省长垣县西南七点五公里有"匡城"，疑即此地。公元前496年，孔子从卫国去陈国时，经过匡地，被围困拘禁。其原因有二：一、当时楚国正进攻卫、陈，当地人不了解孔子，对他怀疑，有敌意，有戒心。二、匡地曾遭受鲁国阳货的侵扰暴虐。阳货，又名阳虎，是春秋后期鲁国季氏的家臣，权势很大。当阳货侵扰匡地时，孔子的一名弟子颜克曾经参与。这次，孔子来到匡地，正好是颜克驾马赶车，而孔子的相貌又很像阳货，人们认出了颜克，于是以为是仇人阳货来了，便将他包围，拘禁了五天，甚至想杀他。直到弄清真实情况，才放了他。

②文王：周文王。姓姬，名昌，西周开国君王周武王(姬发)

的父亲。孔子认为文王是古代圣人之一。

③兹：这，此。这里指孔子自己。

④后死者：孔子自称。与：参与，引申为掌握，了解。一说，通"举"，兴起。

⑤如予何：把我如何，能把我怎么样。"予"，我。

【译文】

　　孔子在匡地受到围困拘禁，他说："周文王已经死了，周代的文化遗产不都是在我这里吗？上天如果想要毁灭这种文化，我就不可能掌握这种文化了；上天如果不要毁灭这种文化，匡人能把我怎么样呢！"

# 五

【原文】

太宰①问于子贡曰:"夫子圣者与②?何其多能也?"子贡曰:"固天纵③之将圣,又多能也。"子闻之,曰:"太宰知我乎?吾少也贱,故多能鄙事④。君子多乎哉?不多也。"

【注释】

①太宰:古代掌管国君宫廷事务的官员。当时,吴、宋两国的上大夫,也称太宰。一说,这人就是吴国的太宰伯嚭,不可确考。

②与:语气助词。

③纵:让,使,听任,不加限量。

④鄙事:低下卑贱的事。孔子年轻时曾从事农业劳动,放过羊,赶过车,当过仓库保管,还当过司仪,会吹喇叭演奏乐器等等。

【译文】

太宰问子贡道:"孔夫子是圣人吧?怎么这样多才多艺呢?"子贡说:"这本是上天使他成为圣人,又使他多才多艺的。"孔子听到后,说:"太宰了解我吗?我少年时贫贱,所以会许多卑贱的技艺。地位高的君子会有这么多的技艺吗?是不会的啊。"

论语

六

【原文】

　　子在川上曰：“逝者如斯夫①！不舍②昼夜。”

【注释】

　　①逝者：指逝去的岁月、时光。斯：这。这里指河水。夫：语气助词。

　　②舍：止，停留。

【译文】

　　孔子在河边说：“消逝的时光就像这河水一样啊！日日夜夜不停地流去。”

## 乡党篇第十

一

**【原文】**

孔子于乡党①，恂(xún)恂②如也，似不能言者。其在宗庙、朝廷，便便③言，唯谨尔。

**【注释】**

①乡党：指在家乡本地。古代一万二千五百户为一乡，五百户为一党。

②恂恂：信实谦卑，温和恭顺，而又郑重谨慎的样子。

③便便：擅长谈论，善辩。

**【译文】**

孔子在家乡，表现得信实谦卑、温和恭顺，似乎是不善于讲话的人。但是在宗庙祭祀、在朝廷上，他善于言谈，辩论详明，只是比较谨慎罢了。

读圣贤语录 做明理之人

# 二

## 【原文】

朝，与下大夫①言，侃侃②如也；与上大夫言，訚(yín)訚③如也。

君在，踧踖④如也，与与⑤如也。

## 【注释】

①下大夫：周代，诸侯以下是大夫。大夫的最高一级，称"卿"，即"上大夫"；地位低于上大夫的，称"下大夫"。孔子当时的地位，属下大夫。

②侃侃：说话时刚直和乐，理直气壮，而又从容不迫。

③訚訚：和颜悦色，而能中正诚恳，尽言相诤。

④踧踖：恭敬而又不安的样子。

⑤与与：慢步行走，非常小心谨慎的样子。

## 【译文】

在朝廷上，当君王还未临朝时孔子与同级的下大夫说话，刚直和乐，从容不迫；他与地位尊贵的上大夫说话，和颜悦色，中正诚恳。

君王临朝到来，孔子表现出恭敬而又不安的样子，慢步行走而又小心谨慎。

# 三

【原文】

　　入公门，鞠躬①如也，如不容。立不中门，行不履阈②。过位③，色勃如也，足躩(jué)如也，其言似不足④者。摄齐⑤升堂，鞠躬如也，屏气似不息者⑥。出，降一等⑦，逞颜色⑧，怡怡⑨如也。没阶⑩，趋进，翼如也。复其位，踧踖如也。

【注释】

　　①鞠躬：这里指低头躬身恭敬而谨慎的样子。

　　②履：走，踩。阈：门限，门槛。

　　③过位：按照古代礼节，君王上朝与群臣相见时，前殿正中门屏之间的位置是君王所立之位。到议论政事进入内殿时，群臣都要经过前殿君王所立的位子，这时君王并不在，只是一个虚位，但大夫们"过位"时，为了尊重君位，态度仍必须恭敬严肃。

　　④言似不足：说话时声音低微，好像气力不足的样子。一说，同朝者要尽量少说话，不得不应对时，也要答而不详，言似不足。这都是为了表示恭敬。

　　⑤摄齐："摄"，提起。"齐"，衣服的下襟，下摆，下缝。朝臣升堂时，一般要双手提起官服的下襟，离地一尺左右，以恐前后踩着衣襟或倾跌失礼。

⑥屏气："屏"，抑制，强忍住。屏气，就是憋住一口气。息：呼吸。

⑦降一等：从台阶走下一级。

⑧逞颜色：这里指舒展开脸色，放松一口气。"逞"，快意，称心，放纵。

⑨怡怡：轻松愉快的样子。

⑩没阶：指走完了台阶。"没"，尽，终。

【译文】

孔子走进诸侯国君的大门，便低头躬身，非常恭敬，好像无处容身。站立时不在门的中间，行走时不踩门槛。经过国君的席位时，脸色立刻庄重起来，脚步加快，说话时好像中气不足的样子。提起衣服的下摆向大堂上走的时候，低头躬身，恭敬谨慎，憋住一口气好像停止呼吸一样。出来时，走下一级台阶，才舒展脸色，显出轻松的样子。走完了台阶，快步向前，姿态像鸟儿展翅。回到自己的位置上，还要表现出恭敬而又不安的样子。

论语

# 先进篇第十一

一

【原文】

子曰："先进于礼乐①,野人②也;后进于礼乐,君子③也。如用之,则吾从先进。"

【注释】

①"先进"句:指先在学习礼乐方面有所进益,先掌握了礼乐方面的知识。"后进"反之。

②野人:这里指庶民,没有爵禄的平民。与世袭贵族相对。

③君子:这里指有爵位的贵族,世卿子弟。

【译文】

孔子说:"先学习礼乐,而后做官的人是未有爵禄的平民;先做官而后学习礼乐的人是卿大夫的子弟。如果要选用人才,我将选用先学习礼乐的人。"

## 二

【原文】

德行①：颜渊、闵子骞、冉伯牛、仲弓。言语②：宰我、子贡。政事③：冉有、季路。文学④：子游、子夏。

【注释】

①德行：指能实行忠恕仁爱孝悌的道德。

②言语：指长于应对辞令、办理外交。

③政事：指管理国家，从事政务。

④文学：指通晓西周文献典籍。

【译文】

论德行，弟子中优秀的有：颜渊、闵子骞、冉伯牛、仲弓。论言语，弟子中擅长的有：宰我、子贡。论政事，弟子中能干的有：冉有、季路。论文学，弟子中出色的有：子游、子夏。

## 三

【原文】

子曰："回也，非助我者也，于吾言，无所不说①。"

【注释】

①说：通"悦"。这里是说颜渊对孔子的话从来不提出疑问或反驳。

【译文】

孔子说："颜回啊，不是能帮助我的人，他对我所说的话，没有不心悦诚服的。"

四

【原文】

子曰："孝哉闵子骞①！人不间于其父母昆弟之言②。"

【注释】

①闵子骞：当时有名的孝子，被奉为尽孝的典范。他的孝行事迹被后人编入《二十四孝》。

②间：挑剔，找毛病。昆：兄。

【译文】

孔子说："真孝顺啊，闵子骞！人们听了他的父母兄弟称赞他孝顺的话，也找不出什么可挑剔的地方。"

五

【原文】

颜渊死。子曰:"噫! 天丧予! 天丧予! "

【注释】

①天丧予:"丧",亡,使……灭亡。孔子这句话的意思是,颜渊一死,他宣扬的儒道就无人继承,无人可传了。

【译文】

颜渊死了。孔子说:"哎呀! 天要丧我的命呀! 天要丧我的命呀! "

# 颜渊篇第十二

## 一

**【原文】**

　　颜渊问仁①。子曰:"克己复礼②为仁。一日克己复礼,天下归仁焉。③为仁由己,而由人乎哉?"颜渊曰:"请问其目④。"子曰:"非礼勿视,非礼勿听,非礼勿言,非礼勿动。"颜渊曰:"回虽不敏,请事⑤斯语矣。"

**【注释】**

　　①仁:儒家学说中含义非常广泛的一种道德观念。包括了恭、宽、信、敏、惠、智、勇、忠、恕、孝、悌等内容,而核心是指人与人的相亲相爱。"己所不欲,勿施于人","己欲立而立人,己欲达而达人"则是实行"仁"的主要方法。

　　②克己复礼:"克",克制,约束,抑制。"己",自己。这里指一己的私欲。"复",回复。"礼",人类社会行为的法则、标准、仪式的总称。包括社会生活中由于风俗习惯而长期形成、又为大家所共同遵守的一整套礼节仪式,人们相互之间表示尊敬谦让的言语或动作,也包括社会上通行的法纪、道德和礼貌。"克己复礼"是儒家用来自我修养的一种方法。

③归仁：朱熹说："归，犹与也。""一日克己复礼，则天下之人皆与其仁，极言其效之甚速而至大也。""与"，赞许，称赞。一说，"归"，归顺。这两句的意思是："有一天做到了克制自己，符合于礼，天下就归顺于仁人了。"

④目：纲目，条目，具体要点。

⑤事：从事，实行，实践。

【译文】

颜渊问什么是仁。孔子说："克制自己，使言行回复到符合于传统的礼，就是仁。有一天做到了克制自己，符合于礼，天下就都赞许你是仁人了。实行仁，在于自己，难道还在于别人吗？"颜渊说："请问实行仁的行动纲领条目。"孔子说："不符合礼的不看，不符合礼的不听，不符合礼的不说，不符合礼的不做。"颜渊说："我虽然不聪敏，请让我按照您的话去做吧。"

二

【原文】

仲弓①问仁。子曰："出门如见大宾，使民如承大祭。己所不欲，勿施于人。在邦无怨，在家无怨。"仲弓曰："雍虽不敏，请事斯语矣。"

【注释】

①仲弓：冉雍，字仲弓。

【译文】

仲弓问什么是仁。孔子说："出门工作、办事如同去接待贵宾，使用差遣人民如同去承当重大的祭祀。自己不愿意承受的，不要强加给别人。为国家办事没有怨言，处理家事没有怨言。"仲弓说："我虽然不聪敏，请让我按照您的话去做吧。"

三

【原文】

子张问明。子曰："浸润之谮(zèn)①，肤受之愬②，不行③焉，可谓明也已矣。浸润之谮，肤受之愬，不行焉，可谓远④也已矣。"

【注释】

①浸润之谮："浸润"，水一点一滴逐渐湿润渗透进去。"谮"，谗言，说人的坏话。浸润之谮，是说点滴而来、日积月累、好像水浸润的诬陷中伤。

②肤受之愬："肤受"，皮肤上感受到。"愬"，与"谮"义近，诽谤。《正义》说："愬亦谮也，变其文耳。"肤受之愬，是说好像皮肤上感觉到疼痛般急迫切身的诽谤诬告。

③不行：行不通。这里指不为那些暗里明里挑拨诬陷的话所迷惑，不听信谗言。

④远：古语说："远则明之至也。"《尚书·太甲中》说："视远惟明，听德惟聪。"可见"远"及上句中的"明"均指看得明白，看得深远、透彻，而"远"比"明"要更进一步。

【译文】

子张问怎样做才算是个明白人。孔子说："像水浸润般暗中挑拨的谗言，像皮肤受痛般的直接诽谤，对你行不通，就可以说是看得明白的人了。像水浸润般暗中挑拨的谗言，像皮肤受痛般的直接诽谤，对你行不通，就可以说是看得远了。"

## 四

【原文】

**子贡问政。子曰："足食，足兵①，民信之矣。"子贡曰："必不得已而去，于斯三者何先？"曰："去兵。"子贡曰："必**

不得已而去,于斯二者何先?"曰:"去食。自古皆有死,民无信不立。"

【注释】

①兵:兵器,武器。这里指军备。

【译文】

　　子贡问怎样治理国家。孔子说:"有充足的粮食,有充足的军备,人民信任统治者。"子贡说:"不得已一定要去掉一项,在这三项中哪一项先去掉呢?"孔子说:"去掉军备。"子贡说:"不得已一定要再去掉一项,在剩下的这两项中去掉哪一项呢?"孔子说:"去掉粮食。自古以来人都是要死的,但如果人民对统治者不信任,国家政权是立不住的。"

# 子路篇第十三

一

【原文】

子路问政。子曰："先之①劳之②。"请益。曰："无倦。"

【注释】

①先之：指为政者身体力行，凡事率先垂范，以身作则。"之"，代词，指百姓。

②劳之：这里指为政者亲身去干，以自身的"先劳"，带动老百姓都勤劳地干，使百姓辛勤而无怨。

【译文】

子路问怎样为政。孔子说："先要领头去干，带动老百姓都勤劳地干。"子路请求多讲一点。孔子说："永远不要松懈怠惰。"

二

【原文】

仲弓为季氏宰，问政。子曰："先有司，赦小过，举贤才。"曰:"焉知贤才而举之?"曰:"举尔所知,尔所不知,人其舍诸<sup>①</sup>?"

【注释】

①舍:舍弃,放弃。这里指不推举。诸:"之乎"二字合音。

【译文】

　　仲弓担任季氏的私邑总管,问怎样为政。孔子说:"凡事要带头,引导手下管事的众官吏去做,宽恕他们的小错误,推举贤才。"仲弓说:"怎么能知道谁是贤才而选拔他们呢?"孔子说:"选拔你所知道的贤才,你所不知道的贤才,别人难道能不推举他吗?"

三

【原文】

　　子路曰:"卫君<sup>①</sup>待子而为政,子将奚<sup>②</sup>先?"子曰:"必也正名<sup>③</sup>乎!"子路曰:"有是哉,子之迂<sup>④</sup>也!奚其正?"子曰:"野哉,由也!君子于其所不知,盖阙(quē)如<sup>⑤</sup>也。名不正,则言不顺;言不顺,则事不成;事不成,则礼乐不兴;礼乐不兴则刑罚不中<sup>⑥</sup>;刑罚不中,则民无所错<sup>⑦</sup>手足。故君子名之必可言也,言之必可行也。君子于其言,无所苟<sup>⑧</sup>而已矣。"

【注释】

①卫君：卫出公蒯辄。他与父亲争位，引起国内混乱。所以孔子主张，要治理国家，必先"正名"，以明确"君君臣臣父父子子"的关系。

②奚：何，什么。

③正名：纠正礼制名分上的用词不当，正确地确定某个人的名分。"正"，纠正，改正。"名"，名分，礼制上的人的名义、身份、地位、等级等。

④迂：迂腐；拘泥守旧，不切实际。

⑤阙如：存疑；对还没搞清楚的疑难问题暂时搁置，不下判断；对缺乏确凿根据的事，不武断，不妄说。

⑥中：得当，恰当，适合。

⑦错：通"措"，放置，安排，处置。

⑧苟：苟且，随便，马虎。

【译文】

　　子路对孔子说："假如卫国国君等待您去治理国家，您将要先做什么事呢？"孔子说："必须先正名分吧。"子路说："有这样做的吗？您太不切实际了，为什么要正名分呢？"孔子说："真鲁莽啊，仲由！君子对自己所不知道的事情，大概总得抱着存疑的态度吧。如果名分不正，言语就不顺理成章；言语不顺理成章，事情就办不成；事情办不成，国家的礼乐制度就不能兴建起来；礼乐制度兴建不起来，刑罚的执行就不恰当；刑罚执行不恰当，人民就手足失措。所以，君子确定名分必须说得清楚有理，说了也一定可以行得通。君子对自己所说的话，只要不草率马虎罢了。"

四

【原文】

　　**子曰："其身正，不令而行；其身不正，虽令不从。"**

【译文】

　　孔子说："本身品行端正，就是不发命令，人民也会照着去做；本身品行不正，即使三令五申，人民也不会听从。"

# 宪问篇第十四

一

【原文】

宪①问耻。子曰:"邦有道,谷②;邦无道,谷,耻也。""克、伐、怨、欲③不行焉,可以为仁矣?"子曰:"可以为难矣,仁则吾不知也。"

【注释】

①宪:即原思。原思,当属于前章孔子所说的"狷者"类型的人物,故孔子言"邦有道"应有为而立功食禄,"邦无道"才应独善而不贪位慕禄,以激励原思的志向,使他自勉而进于有为。

②谷:谷米。指当官拿俸禄。

③克:争强好胜。伐:自我夸耀。怨:怨恨,恼怒。欲:贪求多欲。

【译文】

原思问怎样是可耻。孔子说:"国家有道,应做官拿俸禄;国家无道,仍然做官拿俸禄,就是可耻。"原宪又问:"好胜、自夸、怨恨、贪欲,这些毛病都能克制,可以算做到了仁吧?"孔子说:"这可以说是难能可贵的,至于算不算做到仁,我不知道。"

二

【原文】

　　子曰："其言之不怍(zuò)①,则为之也难。"

【注释】

　　①怍:惭愧。这里是形容好说大话,虚夸,而不知惭愧的人。这种人善于吹嘘,自然就难以实现他所说的话。

【译文】

　　孔子说："一个人大言不惭,那么实际去做就困难了。"

三

【原文】

　　陈成子弑简公①。孔子沐浴②而朝,告于哀公曰:"陈恒弑其君,请讨之。"公曰:"告夫三子③!"孔子曰:"以吾从大夫之后④,不敢不告也。君曰'告夫三子'者!"之⑤三子告,不可。孔子曰:"以吾从大夫之后,不敢不告也。"

【注释】

　　①陈成子:齐国大夫陈恒,又名田成子。他用大斗借

粮、小斗收粮的方法，获得百姓拥护。政治上逐渐取得优势后，在公元前481年杀死齐简公，掌握了齐国政权。此后的齐国在历史上也称"田齐"。简公：齐简公，姓姜，名壬。

②沐浴：洗头，洗澡。指上朝前表示尊敬与严肃而举行的斋戒。

③告夫三子："三子"，指季孙氏、孟孙氏、叔孙氏。因当时的季孙、孟孙、叔孙权势很大，实际操纵鲁国政局，鲁哀公不敢做主，故叫孔子去报告这三位大夫。

④从大夫之后：犹言我过去曾经当过大夫。

⑤之：去，往，到。

**【译文】**

陈成子杀了齐简公，孔子得知这个消息马上沐浴上朝，向鲁哀公报告说："陈恒弑其君主，请出兵讨伐。"哀公说："去报告三位

大夫吧!"孔子说:"因为我曾经当过大夫,不敢不来报告。君主却说'去报告三位大夫吧'!"孔子到三位大夫那里去报告,他们表示不可以出兵。孔子又说:"因为我曾当过大夫,不敢不来报告。"

## 四

【原文】

　　子路问事君。子曰:"勿欺也,而犯①之。"

【注释】

　　①犯:触犯,冒犯。这里引申为对君主犯颜诤谏。

【译文】

　　子路问怎样侍奉君主。孔子说:"不要欺骗他,而要直言规劝他。"

读圣贤语录　做明理之人

# 卫灵公篇第十五

## 一

【原文】

卫灵公问陈①于孔子。孔子对曰："俎(zǔ)豆之事②,则尝③闻之矣;军旅之事,未之学也。"明日遂行④。

【注释】

①陈:同"阵",军队作战布列阵势。

②俎豆之事:指礼节仪式方面的事。"俎",古代祭祀宴享,用以盛放牲肉的器具。"豆",古代盛食物的器具,似高脚盘。二者都是古代祭祀宴享用的礼器。

③尝:曾经。

④遂行:就走了。孔子主张礼治,反对使用武力。见卫灵公无道,而又有志于争伐,不能以仁义治天下,故而未答"军旅之事",第二天就离开了卫国。

【译文】

卫灵公问孔子军队怎样列阵。孔子回答说："礼节仪式方面的事,我曾听说一些;军队作战方面的事,我没学过。"第二天,孔子就离开了卫国。

二

【原文】

　　在陈绝粮，从者病①，莫能兴②。子路愠③见，曰："君子亦有穷乎？"子曰："君子固④穷，小人穷斯滥⑤矣。"

【注释】

　　①病：苦，困。这里指饿极了，饿坏了。

　　②兴：起来，起身。这里指行走。

　　③愠：恼怒，怨恨。

　　④固：安守，固守。

　　⑤滥：像水一样漫溢、泛滥。比喻人不能检点约束自己，什么事都干得出来。

【译文】

　　孔子与弟子们在陈国没有粮食吃，随行的人饿坏了，不能起身行走。子路满脸恼怒，来见孔子说："君子也有困厄的时候吗？"孔子说："君子困厄时尚能安守，小人困厄时就无所不为了。"

三

【原文】

　　子曰："赐①也，女②以予为多学而识之者与？" 对曰：

"然，非与？"曰："非也，予一以贯之③。"

【注释】

①赐：端木赐，字子贡。

②女：通"汝"。你。

③一：一个基本的原则、思想。孔子这里指的是"忠恕"之道。以：用。贯：贯穿，贯通。

【译文】

孔子说："端木赐呀，你以为我是学习很多知识而又一一记住的吗？"端木赐回答说："是的。不是这样吗？"孔子说："不是的，我是用一个基本的思想观念来贯穿它们的。"

四

【原文】

子曰："直哉史鱼①！邦有道，如矢；邦无道，如矢。君子哉蘧(qú)伯玉！邦有道，则仕；邦无道，则可卷而怀之。"

【注释】

①史鱼：卫国大夫，名鰌，字子鱼。他曾多次向卫灵公推荐贤臣蘧伯玉，未被采纳。史鱼病危临终时，嘱咐儿子，不要"治

丧正堂",用这种做法再次劝告卫灵公一定要进用蘧伯玉,而贬斥奸臣弥子瑕。等卫灵公采纳实行之后,才"从丧北堂成礼"。史鱼这种正直的行为,被古人称为"尸谏"(事见《孔子家语》及《韩诗外传》)。

【译文】

孔子说:"史鱼真正直啊!国家有道,他的言行像箭一样刚直;国家无道,也像箭一样刚直。蘧伯玉真是一位君子啊!国家有道时,出来做官;国家无道时,他把正确主张收起来辞官隐居。"

# 季氏篇第十六

## 二

【原文】

　　季氏将伐颛(zhuān)臾(yú)①。冉有、季路②见于孔子，曰："季氏将有事③于颛臾。"孔子曰："求！无乃④尔是过与？夫颛臾，昔者先王以为东蒙主⑤，且在邦域之中矣，是社稷之臣⑥也，何以伐为⑦？"冉有曰："夫子⑧欲之，吾二臣者皆不欲也。"孔子曰："求！周任⑨有言曰：'陈力就列⑩，不能者止。'危而不持，颠而不扶，则将焉用彼相⑪矣？且尔言过矣，虎兕出于柙⑫，龟玉毁于椟⑬中，是谁之过与？"冉有曰："今夫颛臾，固而近于费(bèi)⑭。今不取，后世必为子孙忧。"孔子曰："求！君子疾夫舍曰欲之而必为之辞⑮。丘也闻有国有家者，不患寡而患不均，不患贫而患不安⑯。盖均无贫，和无寡，安无倾。夫如是，故远人不服，

则修文德以来⑰之。既来之，则安之。今由与求也，相夫子，远人不服，而不能来也；邦分崩离析⑱，而不能守也；而谋动干戈于邦内。吾恐季氏之忧，不在颛臾，而在萧墙之内⑲也。"

【注释】

①季氏：即季孙氏，指季康子，名肥。鲁国大夫。颛臾：附属于鲁国的一个小国，子爵。

②冉有，季路：孔子弟子。冉有即冉求，字子有，也称冉有。季路即仲由，字子路，因仕于季氏，又称季路。

③有事：这里指施加武力，采取军事行动。

④无乃：岂不是，恐怕是，难道不是。

⑤先王：鲁国的始祖周公（姬旦），系周武王（姬发）之弟，故这里称周天子为先王。东蒙主：谓主祭东蒙山。"东蒙"，即蒙山。因在鲁国东部，故称东蒙。"主"，主持祭祀。

⑥社稷之臣：国家的重臣。

⑦何以伐为："何以"，以何，为什么。"为"，语气助词。相当于"呢"。为什么要讨伐他呢？

⑧夫子：古时对老师、长者、尊贵者的尊称。这里指季康子。

⑨周任：周朝有名的史官。

⑩陈力：发挥、尽量施展自己的才力。就列：走上当官的行列，担任职务。

⑪相：辅佐，帮助。古代扶引盲人的人叫"相"。引申为助手。

⑫兕：古代犀牛类的野兽。或说即雌犀牛。柙：关猛兽的木笼子。

⑬椟：木制的柜子，匣子。

⑭费：季氏的采邑。颛臾与费邑相距仅七十里，故说"近于费"。

⑮疾：厌恶，痛恨。辞：托辞，借口。

⑯"不患寡"句：应为"不患贫而患不均，不患寡而患不安"。《春秋繁露·度制》和《魏书·张普惠传》引此文，都是"不患贫而患不均，不患寡而患不安"。

⑰来：招徕，吸引，使其感化归服。

⑱分崩离析："崩"，倒塌。"析"，分开，形容集团、国家等分崩瓦解，不可收拾。当时鲁国不统一，四分五裂，被季孙、孟孙、叔孙三大贵族所分割。

⑲萧墙之内："萧墙"，宫殿当门的小墙，或称"屏"。古代臣子觐见国君，至屏而肃然起敬，故称"萧墙"。"萧"、"肃"古字通。这里用"萧墙"，借指宫内。当时鲁国的国君鲁哀公名义上在位，实际上政权被季康子把持，这样发展下去，一旦鲁君不能容忍，必起内乱。故孔子含蓄地说了这话。

【译文】

　　季氏将要讨伐颛臾。冉有、子路去见孔子，说："季氏将对颛臾采取军事行动。"孔子说："冉求！这难道不是你的过错吗？颛臾，过去周天子曾经授权它主持东蒙山的祭祀，而且就在鲁国的疆域之中，是与我们鲁国共安危的臣属，为什么要讨伐它呢？"冉有说："季孙大夫想这么做，我们二人作为家臣，都不想这么做。"孔子说："冉求！周任曾有句话说：'能够施展自己的才力,就担任职务;实在做不到,就该辞职。'比如盲人遇到危险却不扶持拉住他,摔倒了却不搀扶他起来,那么,用你这助手做什么呢?而且你的话错了。老虎、犀牛从笼子里跑了出来,占卜用的龟甲、祭祀用的玉器在木匣中被毁坏了,这是谁的过错呢?"

冉有说:"如今颛臾城墙坚固,而且离费邑很近。现在不占领它,后必成为子孙的祸患。"孔子说:"冉求!君子厌恶那种嘴上不说'想得到它',一定要找个借口得到它的人。我听说过,对于拥有国家的诸侯和拥有采邑的大夫,担心的不是贫穷,而是分配不均;担心的不是人少,而是社会不安定。因为财富分配均匀了,就无所谓贫穷;国内和睦团结了,就不显得人少;社会安定了,国家就没有倾覆的危险。要是这样做了,远方的人还不归服,便提倡仁义礼乐道德教化,以招徕他们。远方的人已经来了,就使他安心住下来。现在仲由、冉求你们二人辅佐季康子,远处的人不归服,而不能招徕他们;国家四分五裂,而不能保全;反而打算在国境之内使用武力。我只怕季孙氏的忧患,不在颛臾,而在于宫殿的门屏之内呢。"

二

【原文】

孔子曰:"天下有道,则礼乐征伐自天子出;天下无道,则礼乐征伐自诸侯出。自诸侯出,盖十世希不失矣①;自大夫出,五世希不失矣;陪臣②执国命,三世希不失矣。天下有道,则政不在大夫。天下有道,则庶人不议。"

**【注释】**

①"十世"句："世"，代。"十世"，即十代。"十世"及后面的"五世"、"三世"均为约数，只是说明逆理愈甚，则失之愈速。这也是孔子对当时各国政权实况进行观察研究而得的结论。希：同"稀"，少有。

②陪臣：卿、大夫的家臣。

**【译文】**

孔子说："天下有道，制定礼乐，军事征伐，由天子作决定；天下无道，制定礼乐和军事征伐由诸侯作决定。由诸侯作决定，大概传十代就很少有不丧失政权的；由大夫作决定，传五代就很少有不丧失政权的；由卿、大夫的家臣来掌握国家的命运，传上三代就很少有不丧失政权的。天下有道，国家政权不会落在大夫手里。天下有道，黎民百姓就不议论朝政了。"

三

**【原文】**

孔子曰："益者三友，损者三友。友直，友谅①，友多闻，益矣。友便辟②，友善柔③，有便佞④，损矣。"

**【注释】**

①谅：诚实。

②便辟：习于摆架子装样子，内心却邪恶不正。

③善柔：善于阿谀奉承，内心却无诚信。

④便佞：善于花言巧语，而言不符实。

【译文】

　　孔子说："有益的朋友有三种，有害的朋友也有三种。与正直的人交友，与诚信的人交友，与见闻学识广博的人交友，是有益的。与习于歪门邪道的人交友，与善于阿谀奉承的人交友，与惯于花言巧语的人交友，是有害的。"

四

【原文】

　　孔子曰："益者三乐，损者三乐。乐节礼乐，乐道人之善，乐多贤友，益矣。乐骄乐，乐佚(yì)①游，乐宴乐，损矣。"

【注释】

　　①佚：通"逸"，安闲，休息。

【译文】

　　孔子说："有益的快乐有三种，有损的快乐也有三种。以得到礼乐的调节为快乐，以称道别人的优点为快乐，以多交贤德的友人为快乐，是有益的。以骄奢放肆为快乐，以闲佚游荡为快乐，以宴饮纵欲为快乐，是有害的。"

# 阳货篇第十七

## 一

【原文】

阳货①欲见孔子,孔子不见,归孔子豚②。孔子时其亡也③,而往拜之。遇诸途④。谓孔子曰:"来!予与尔言。"曰:"怀其宝而迷其邦⑤,可谓仁乎?"曰:"不可!好从事而亟(qì)⑥失时,可谓知⑦乎?"曰:"不可!日月逝矣,岁不我与⑧。"孔子曰:"诺,吾将仕矣。"

【注释】

①阳货:又名阳虎。鲁国季氏的家臣。曾一度掌握了季氏一家的大权,即而掌握了鲁国的大权,是孔子说的"陪臣执国命"的人物。阳货为了发展自己的势力,极力想拉孔子给他做事。但孔子不愿随附于阳货,故采取设法回避的态度。后阳货因企图消除三桓未成而逃往国外,孔子最终也未仕于阳货。

②归:同"馈",赠送。豚:小猪。这里指蒸熟了的小猪。按照当时的礼节,地位高的人赠送礼物给地位低的人,受赠者如果不在家,没能当面接受,事后应当回拜。因为孔子一直不愿见阳货,阳货就用这种办法,想以礼节来逼迫孔子去回拜。

③时：同"伺"。意指窥伺，暗中打听，探听消息。亡：通"无"，这里指不在家。

④途：途中，半道上。

⑤迷其邦：听任国家迷乱，政局动荡不安。

⑥亟：副词，屡次。

⑦知：同"智"。

⑧岁不我与：即"岁不与我"，年岁不等待我。"与"，在一起，这里有等待意。

**【译文】**

阳货想让孔子去拜见他，孔子不去见，他便赠送给孔子一只蒸熟的小猪。孔子暗中打听到阳货不在家，才去回拜他。两个人却在途中遇见了。阳货对孔子说："过来！我有话对你说。"孔子走到他近前，阳货说："怀有一身本领，而听任国家混乱，这样做可以称为仁吗？"孔子不做声。阳货接着说："不可以！喜欢参与政事而又屡次错过机会，可以称为智吗？"孔子仍不做声。阳货又接着说："不可以！时间消逝了，年岁是不等待人的。"孔子说："好吧，我将要去做官了。"

二

**【原文】**

子曰："性①相近也，习相远②也。"

【注释】

①性：人的本性，性情，先天的智力、气质。

②习相远：指由于社会影响，所受教育不同，习俗、习气的沾染有别，人的后天的行为习惯会有很大差异。孔子这话是勉励人为学，通过学习提高自己的修养。

【译文】

孔子说："人本性是相近的，由于环境影响的不同才相距甚远了。"

三

【原文】

子曰："惟上知与下愚不移①。"

【注释】

①知：通"智"。不移：不可移易、改变。

【译文】

孔子说："只有最上等的智者和最下等的愚人是改变不了的。"

# 微子篇第十八

一

【原文】

微子去之<sup>①</sup>,箕(jī)子<sup>②</sup>为之奴,比干<sup>③</sup>谏而死。孔子曰:"殷有三仁焉!"

【注释】

①微子:名启,采邑在微。微子是纣王的同母兄,但微子出生时其母只是帝乙的妾,后来才立为正妻生了纣,于是纣获得立嗣的正统地位而继承了帝位,微子则封为子爵,成了纣王的卿士。纣王无道,微子屡谏不听,遂隐居荒野。周武王灭殷后,被封于宋。去:离开。之:代词,指殷纣王。

②箕子:名胥馀,殷纣王的叔父。他的采邑在箕。子爵,官太师。曾多次劝说纣王,纣王不听,箕子披发装疯,被纣王拘囚,降为奴隶。周武王灭殷后才被释放。

③比干:殷纣王的叔父。官少师,屡次竭力强谏纣王,并表明"主过不谏,非忠也;畏死不言,非勇也;过则谏,不用则死,忠之至也。"纣王大怒,竟说:"吾闻圣人之心有七窍,信诸?"(《史记·殷本纪》注引《括地志》)遂将比干剖胸挖心,残忍地杀死。

【译文】

　　纣王无道,微子离开了纣王;箕子被纣王拘囚,降为奴隶;比干屡次劝谏被纣王杀死。孔子说:"殷朝有这三位仁人啊!"

二

【原文】

　　**柳下惠为士师①,三黜(chù)②。人曰:"子未可以去③乎?"曰:"直道而事人,焉往而不三黜④? 枉⑤道而事人,何必去父母之邦⑥? "**

【注释】

> ①士师:古代掌管司法刑狱的官员。
>
> ②三黜:多次被罢免。"三",表示多次,不一定只有三次。
>
> ③去:离开。
>
> ④焉:代词,表疑问,哪里。往:去。
>
> ⑤枉:不正。
>
> ⑥父母之邦:父母所在之国,即本国,祖国。

【译文】

　　柳下惠担任鲁国掌司法刑狱的官员,多次被免职。有人说:"您不可以离开这个国家吗?"柳下惠说:"正直地侍奉人君,到哪一国去不会被多次免职?如果不正直地侍奉人君,何必要离开自己的祖国呢?"

# 三

【原文】

　　齐景公待孔子曰："若季氏，则吾不能。以季孟之间待之。"曰："吾老矣，不能用也。"孔子行①。

【注释】

　　①孔子行：公元前509年，孔子到齐国，想得到齐景公的重用。结果，有人反对，甚至扬言要杀孔子。齐景公迫于压力，不敢任用，孔子于是离开齐国。

【译文】

　　齐景公在讲到对待孔子礼节、爵禄时说："若像鲁国国君对待季氏那样来对待孔子，我不能。可以用比季孙氏低比孟孙氏高的待遇来对待孔子。"后来齐景公又说："我老了，不能用他了。"孔子便动身走了。

四

【原文】

　　**齐人归①女乐，季桓子②受之，三日不朝，孔子行③。**

【注释】

　　①归：通"馈"，赠送。

　　②季桓子：鲁国贵族，姓季孙，名斯，季孙肥（康子）的父亲。从鲁定公时至鲁哀公初年，一直担任鲁国执政的上卿（宰相）。

　　③孔子行：《史记·孔子世家》："定公十四年，孔子为鲁司寇，摄行相事。齐人惧，归女乐以沮之。"孔子看到鲁国君臣这样迷恋女乐，不思朝政，致使朝政日衰，不足有为，大为失望，去职离鲁。

【译文】

　　齐国人赠送了许多歌姬舞女给鲁国，季桓子接受了，并且三天不上朝。孔子便离开了鲁国。

## 五

【原文】

楚狂接舆①歌而过孔子曰："凤②兮,凤兮! 何德之衰? 往者不可谏③,来者犹可追。已而,已而! 今之从政者殆而。"孔子下,欲与之言。趋而辟④之,不得与之言。

【注释】

①接舆:"接",迎。"舆",车。迎面遇着孔子的车。这里因其事而呼其人为"接舆"。传说乃楚国人,是"躬耕以食"的隐者贤士,用唱歌来批评时政,被世人视为狂人。一说,接舆本姓陆,名通,字接舆。见楚昭王政事无常,乃佯狂不仕,于是被人们看做是楚国的一个疯子。

②凤:凤凰。古时传说,世有道则凤鸟见,无道则隐。这里比喻孔子。接舆认为孔子世无道而不能隐。故说"德衰"。

③谏:规劝,使改正错误。

④辟:同"避"。

【译文】

楚国有位狂人接舆,唱着歌经过孔子的车旁,歌里唱道:"凤凰呀,凤凰呀! 为何道德这么衰微? 过去的事不可挽回了,将来的事还来得及改正。算了吧,算了吧! 如今从政的人危险啊。"孔子下车,想同他说话。接舆快步避开了,孔子没能同他说上话。

# 子张篇第十九

一

【原文】

　　子张曰："士见危致命①，见得思②义，祭思敬，丧思哀，其可已矣③。"

【注释】

　　①致命：授命，舍弃生命。
　　②思：反省，考虑。
　　③其可已矣："见危致命，见得思义，祭思敬，丧思哀"这四方面是立身之大节。作为士，如能做到这些，就算可以了。

【译文】

　　子张说："作为一个读书人，国家危难时能献出自己生命，有利可得时能考虑是否合乎义，祭祀时能想到恭敬严肃，临丧时能想到悲哀，这样做就可以了。"

二

【原文】

子张曰："执德不弘①，信道不笃，焉能为有？焉能为亡②？"

【注释】

①弘：弘扬，发扬光大。

②"焉能"句：意谓无足轻重；有他不为多，无他不为少；有他没他一个样。"亡"，通"无"。

【译文】

子张说："实行德而不能发扬光大，信仰道而不忠实坚定，这种人，有他也可以，没有他也可以。"

三

【原文】

子夏之门人问交于子张。子张曰："子夏云何？"对曰："子夏曰：'可者与之，其不可者拒之。'"子张曰："异乎吾所闻：君子尊贤而容众，嘉善而矜①不能。我之大贤与②，于人何所不容？我之不贤与，人将拒我，如之何其拒人也？"

【注释】

①矜:怜悯,怜恤,同情。
②与:语气词。

【译文】

　　子夏的门人向子张询问交友之道。子张反问:"子夏是怎样说的?"子夏的门人回答:"夫子说:'可交的就与他交,不可交的就拒绝他。'"子张说:"这和我所听说的不同:君子能尊敬贤人,又能容纳普通人;能赞美好人,又能怜悯能力差的人。我如果是很贤明的,对于别人为何不能容纳呢?我如果不贤明,别人将会拒绝我,如何谈得上拒绝别人呢?"

论语

## 尧曰篇第二十

一

【原文】

尧①曰:"咨②!尔舜③!天之历数④在尔躬,允执其中⑤。四海困穷,天禄永终。"

舜亦以命禹⑥。

曰:"予小子履,敢用玄牡⑦,敢昭告于皇皇后帝⑧:有罪不敢赦。帝臣⑨不蔽,简⑩在帝心。朕⑪躬有罪,无以万方;万方有罪,罪在朕躬。"

周有大赉(lài)⑫,善人是富。"虽有周亲⑬,不如仁人。百姓有过,在予一人。"

谨权量⑭,审法度⑮,修废官,四方之政行焉。兴灭国,继绝世,举逸民,天下之民归心焉。

所重:民,食,丧,祭。

宽则得众,信则民任焉⑯,敏则有功,公则说⑰。

【注释】

①尧:传说中新石器时代我国父系氏族社会后期的部落联盟的领袖。他把君位禅让给舜。史称"唐尧"。后被尊称为

"圣君"。

②咨:感叹词。犹"啧啧"。咂嘴表示赞叹、赞美。

③舜:传说中受尧禅位的君主。后来,他又把君位禅让给禹。传说他眼睛有两个瞳仁,又名"重华"。

④天之历数:天命。这里指帝王更替的次序。古代帝王常常假托天命,都说自己能当帝王是由天命所决定的。

⑤允:诚信,公平。执:掌握,保持,执守。中:正,不偏不倚,不"过"也无"不及"。

⑥"舜亦"句:"禹",传说中受舜禅位的君主。姒姓,亦称"大禹"、"夏禹"、"戎禹",以治水名闻天下。关于舜禅位时嘱咐大禹的话,可参阅《尚书·大禹谟》。

⑦予小子履:商汤自称。"予",我。"小子",祭天地时自称,表示自己是天帝的儿子。"履",商汤的名字。商汤,历史上又称武汤,天乙,成汤(或成唐),也称高祖乙。他原为商的领袖。任用伊尹执政,积聚力量,陆续攻灭邻近各小国,最后一举灭夏桀,建立了商朝,是孔子所说的"贤王"。敢:谦辞,犹言"冒昧"。含虔诚意。玄牡:"玄",黑色。"牡",公牛,宰杀后作祭祀用的牺牲。按此段文字又见《尚书·汤诰》,文字略有不同,可参阅。

⑧皇皇:大,伟大。后帝:"后",指君主。古代天子和诸侯都称"后",到了后世,才称帝王的正妻为后。"帝",古代指最高的天神。这里"后"和"帝"是同一个概念,指天帝。

⑨帝臣:天下的一切贤人都是天帝之臣。

⑩简:本义是检阅,检查。这里有知道,明白,清楚了解的意思。

⑪朕：我。古人不论地位尊卑都自称朕。从秦始皇起，才成为帝王专用的自称。

⑫大赉：大发赏赐，奖赏百官，分封土地。

⑬"虽有"句："周"，至，最。"百姓"，这里指各族各姓受封的贵族。传说商末就有八百个诸侯。此句又见《尚书·秦誓》，文字略有不同，可参阅。

⑭权：秤锤。指计重量的标准。量：量器，指计容积的标准。

⑮法度：指计量长度的标准。

⑯"信则"句："民"，他人，别人。"任"，任用。诚实守信就会得到他人任用。一说，"民"，百姓。"任"，信任。诚恳守信，就会得到百姓信任。另说，汉代石经等一些版本无此五字，乃《阳货篇第十七》中文字而误增于此。

⑰说：通"悦"，高兴。本章文字，前后不连贯，疑有脱漏。风格也不同。前半章文字古奥，可能是《论语》的编订者引自当时可见的古代文献。从"谨权量"以下，大多数学者认为可能就是孔子所说的话了。

【译文】

尧说："啧啧！舜啊！按照天意所定的继承顺序，帝位就在你身上了，你要诚实地保持中正之道。如果天下百姓陷于贫困，那么上天赐给你的禄位就会永远终止了。"

舜也是用这些话嘱咐了禹。

商汤说："我小子履，虔诚地用黑色的公牛来祭祀，冒昧地向光明而伟大的天帝祷告：对有罪的人，我不敢擅自赦免。您的臣仆的善恶,我也不敢隐瞒掩盖,对此,您心里是清楚知道的。如果我自身有罪过,请不要责怪连累天下万方;天下万方如果有罪过,罪过都应归在我身上。"

周朝初年大加赏赐,分封诸侯,善人都得到富贵。周武王说:"虽有至亲,却不如有仁德的人。百姓如有过错,都应该由我一人来承担。"

孔子常说:要谨慎地制定审查度量衡,恢复被废弃的官职与机构,天下四方的政令就通行了。复兴灭亡了的国家,接续断绝了的世族,推举起用前代被遗落的人才,天下的百姓就归服了。

国家所要重视的是:人民,粮食,丧葬,祭祀。

做人宽厚,就会得到众人的拥护;诚实守信,就会得到别人的任用;做事勤敏,就会取得好成绩;处事公平,就会使大家高兴。

**图书在版编目(CIP)数据**

论语 / (春秋) 孔子著；崔钟雷主编.—长春：时代
文艺出版社，2010.2
(国学经典藏书)
ISBN 978-7-5387-2915-3

Ⅰ.论… Ⅱ.孔… Ⅲ.①儒家②论语－通俗读物 Ⅳ.
B222.2-49

中国版本图书馆 CIP 数据核字（2009）第 222001 号

**论语**

| | | |
|---|---|---|
| 作　　者 | (春秋) 孔　子 | |
| 主　　编 | 崔钟雷 | |
| 副 主 编 | 王丽萍　刘　超　石冬雪 | |
| 出 品 人 | 张四季 | |
| 策　　划 | 钟　雷 | |
| 责任编辑 | 赵　岩 | |
| 装帧设计 | 稻草人工作室 | |
| 出　　版 | 时代文艺出版社 | |
| 地　　址 | 长春市泰来街 1825 号　邮编：130011 | |
| 电　　话 | 总编办：0431-86012927　发行科：0431-86012952 | |
| 网　　址 | www.shidaichina.com | |
| 印　　刷 | 北京正合鼎业印刷技术有限公司 | |
| 发　　行 | 时代文艺出版社 | |
| 开　　本 | 787×1092 毫米　1/32 | |
| 字　　数 | 110 千字 | |
| 印　　张 | 3 | |
| 版　　次 | 2010 年 2 月第 1 版 | |
| 印　　次 | 2011 年 1 月第 2 次印刷 | |
| 定　　价 | 10.00 元 | |